낯익어서, 낯선

시작시인선 0465 낯익어서, 낯선

1판 1쇄 펴낸날 2023년 4월 10일
지은이 김종휘
펴낸이 이재무
기획위원 김춘식, 유성호, 이형권, 임지연, 홍용희
책임편집 박예솔
편집디자인 민성돈, 김지웅, 정영아
펴낸곳 (주)천년의시작
등록번호 제301-2012-033호
등록일자 2006년 1월 10일
주소 (03132) 서울시 종로구 삼일대로32길 36 운현신화타워 502호
전화 02-723-8668
팩스 02-723-8630
블로그 blog.naver.com/poemsijak
이메일 poemsijak@hanmail.net

ⓒ김종휘, 2023, printed in Seoul, Korea

ISBN 978-89-6021-705-8 04810
       978-89-6021-069-1 04810(세트)

값 11,000원

낯익어서, 낯선

김종휘

천년의 시작

시인의 말

어머니는 태몽 이야기를 자주 해 주셨다
그래서 나는 나를 기대하며 살았다

할아버지와 어머니처럼 쾌활하게 살고 싶었지만
하나님은 나를 고독하게 살게 하셨고
시라는 가슴 넓은 친구를 보내 주셨다

시는 내 마음속 깊은 곳의 상처까지 치유하고
더 작은 생명들도 사랑하게 하신다

늘 함께해 주신 하나님과 나를 이곳까지
이끌어 주신 선생님들께 감사드린다

차 례

시인의 말

제2부

해 설

제1부

그날의 풍경 2

미술관 가는 길은 늦가을로 들어가는 문 같았다

호숫가에 메타세쿼이아 나무들이 하늘을 찌르고
둑에 무리 지어 핀 억새들이 바람 춤을 춘다
산비탈을 지키던 산국의 무리는 끝내 시들어 버리고
그곳을 지나는 내게 향기만 전한다

누군가를 오래 기다려 본 사람들은 안다
살아 있는 것들은 모두 꽃을 닮아 간다는 걸
멀리 떠나간 누군가가 슬며시 손을 내미는 것 같아
그와 함께 나누던 그날의 이야기 속으로 들어가려는데

미술관 옆 느티나무 앞에서
한 여자가 발을 구르며 울고 있다
고운 목청으로 노래 부르던 동고비들이 놀라 날아가고
일행인 듯 두 신사는 엉거주춤 서서 먼 산을 바라보는데
나는 잘 가꾸어진 잔디밭을 가로질러 산 아래 큰길까지 달렸다

고운 단풍나무들이 줄지어 서서 손을 내밀고
늦가을 햇살이 따라왔지만, 나는 이미 져 버린 사람
뭉게구름 떠도는 하늘에 까마귀 한 마리 날아오른다

나비를 닮은 꽃
—게발선인장

할머니 한 분이 앞집의 벨을 누르고 있다
벨을 연달아 눌러도 아무런 반응이 없자
할머니는 대문 앞에 자리를 잡고 앉아
빨래를 널고 있는 내게 앞집의 안부를 묻는다
친척이시냐고 물었더니
그게 아니라 나 저것 좀 떼어 가고 싶단다
게발선인장 화분이 층계를 따라 쭉 늘어져 있다

스멀스멀 가을이 깊어지면
나는 먼 길을 떠날 사람처럼 마음이 바빠진다
햇살이 소쇄원의 우물가에 자박자박 키우는 노랑나비들
가을이 깊어지기 전에 그 나비 식구들을 만나러 가야 한다
소쇄원의 앞마당과 수로를 따라 맴돌다가
높새바람을 타고 하늘 높이 날아올라 사라지던 노랑나비
할머니는 화분에서 훨훨 날아다니는 나비를 보고 있는 게다
다가올 겨울을 붉은 게 발로 잠잠히 눌러 보고 싶은 게다
누군가 할머니를 부르는 날 동무가 되어 함께 날아갈
붉은 나비들을 찾고 있는 게다

꽃기린 앞에서

햇살 고운 창가에 앉아 음악을 듣다가
빨간 꽃을 매달고 선 꽃기린 앞에 식탁을 옮겨 놓고 늦은
점심을 차린다
먹어도 그만 건너뛰어도 섭섭하지 않은 한 끼

햇살 가득한 거실의 화초들은 봄 처녀처럼 화려하다
작년 가을 무성하게 자라는 꽃기린 가지들을 잘라 주었더니
깊은 병이 들었는지 비실비실 겨울을 넘길 것 같지 않았다
그런데 보름 전부터 꽃기린이 빨간 꽃들을 피워 올리고 있다

떠나간 사람들을 불러 담소를 나누고 싶지만
아버지는 내 곁에 머물러 있는 사람들을 못 견뎌 하신다
따스한 햇살은 지나간 시간을 그립게 하고
내 마음을 아시는 아버지는 쓰던 성경이나 쓰라 하신다

내 영혼 깊은 곳을 보듬어 주던 음악 소리도 잠들고
혼자 식어 가는 무수한 생각들도 돌아보면 강물이 된다
꽃기린 앞에 앉아 꽃의 한 생애를 들여다보면 작고 앙증맞은
빨간 꽃들이 슬픔 속에서 태어나고 있음을 깨닫게 되는데

남해 금산

삼복더위 지고 금산에 올라가니
큰 배들은 모두 하늘 끝으로 항해하고
사람들은 구름 타고 두둥실 떠다니네

바위들은 언제 하강한 천사들인가
위태롭게 앉아 누군가를 부르는데
남해는 돌아앉아 귀를 막고 있네

먼바다에서 시작한 안개가 마을과
산허리를 돌더니 내게 와서 과거와 현재와
먼 미래까지 덮어 버리자 하네

한갓 흘러가는 뭉게구름들이
아가들처럼 귀하게 느껴져
자꾸만 두 손을 내밀게 되네

메니에르증후군

귓속은 미세먼지로 온종일 희뿌옇다
귓바퀴를 따라 달아난 바람은 며칠째 돌아오지 않고
마음을 추슬러도 자꾸만 달라붙는 어지럼증, 그 사이로
귓속 강물에 뛰어들어 자맥질하는 물총새 한 마리
물고기를 쫓아다니지만, 번번이 실패한다

먹이를 받아먹던 새끼들은 어딘가로 떠나고
물총새 홀로 물가에 앉아 시름에 잠겨 있다가도
물고기를 보면 총알같이 강물로 뛰어든다

물총새와 먼 나라로 여행을 떠났다
그곳은 사방 어디에도 푸르른 하늘 바다
세상에서 들어 본 적 없는 아름다운 음악이 흐르고
하늘 바다 남쪽에 당도하니 물총새들이 모여 사는 마을
그곳을 마다하고 물총새는 나를 따라나섰다

바람이 한대성 고기압을 몰고 돌아올 때
가을 산은 누군가를 만나러 도시 가까이로 내려온다
물총새가 고운 단풍잎 하나 물고 어딘가로 날아간다
우주가 평형을 잡았는지 어지럼증이 사라진다

꿈꾸는 골목

길가 화분에서 피어난 백합꽃들
그 향기로 골목은 취해 가는 중이다
골목 끝에서 트럼펫을 부는 중년 신사
〈광화문 연가〉를 구슬프게 풀어낸다

언젠가는 우리 모두 세월을 따라 떠나가지만[*]
핸드폰에 시선을 두고 지나가던 사람들과
무언가에 중독된 멀건 얼굴들이 하나둘
중년 신사가 이끄는 그 시절로 돌아가는데

그들과 부딪히지 않으려고 조심스럽게
앵무새를 안고 나온 할아버지도
행복부동산 아저씨와 아주머니도
그 시절을 생각하느라 눈시울이 붉어진다

소나기 잠시 지나가고
사람들은 노랫말을 흥얼거리며 돌아가는데
나는 그 자리에 서서
잃어버린 기억 하나를 찾느라 먼 길을 헤매고 있다

>

언덕 밑 정동 길엔 아직 남아있어요 눈 덮인 조그만 교회당**

*, ** 〈광화문 연가〉.

향일암에서

대웅전을 지나 관음전으로 오르는 길은
몇 개의 바위틈을 빠져나와서도
비좁은 계단을 힘겹게 올라가야 했다

관음전에 염불하는 스님의 음성이
낭랑하다가 먹먹하다가
서글프다가 청아해서
나도 모르게 설운 눈물이 쏟아졌다

가냘픈 뒷모습 눈부시게 처연하고
이생의 인연을 끊으려는
푸른 면도날 자국 더없이 선명한데
다시 다잡은 마음 곧추세우고자
바다를 등지고 앉아
하염없이 염불하는 비구니 스님

낭떠러지에 쳐 놓은 금줄마다
두 손 모은 금빛 소원들
바람에 찰랑일 때마다
누군가의 얼굴이 자꾸 떠올랐다

>

바다는 모든 시름을 덮어 두려는 듯 안개만이 자욱하고

길가를 서성이다 만난 새콤한 비파 열매를 맛보고서야

바람은 우릴 슬픔에서 건져 주었다

비 내리는 카리요 광장

가을장마에 끌려온 비바람이 유리창을 깰 기세로 달려
든다
도로를 따라 밀려드는 빗물로
길가의 나무들은 물속에 빠져 허우적거리고

객지의 눅눅한 병실에서
간절히 생각나는 건 내 집의 뽀송뽀송한 이부자리들
빗소리를 자장가 삼아 잠을 청해 보지만
창문을 두드리는 굵은 빗방울 소리에 잠이 놀라 달아난다

알 수 없는 누군가의 손에 이끌리어 나는
먼 나라를 떠돌게 되었지만
나를 구해 줄 사람을 만나지 못했다
그가 살았다는 쿠바에 와서도 그를 볼 수 없었다
카리요 광장에서 구두 수선하는 노인을 만나 그의 거처
를 물었더니
그가 소년이었을 때 이곳을 떠나갔다고

빗줄기 잦아들고
한꺼번에 밀려든 피로 때문인지 잠이 들었지만

몸을 뒤척일 때마다 문밖에서 코를 훌쩍이며 우는
누군가의 울음소리가 빗줄기 사이로 간간이 들렸다

어떤 물음

늙은 밥통이 웅크리고 앉아 있다
새벽에 나간 식구들을 걱정하며
저녁에 돌아올 식구들의 저녁상을 생각하며
근심과 걱정은 밥통의 몫이어서 다행이다

밥통이 하는 말은 늘 밥 먹어라, 이고
식구들은 먹었다는 대답으로 밥통의 입을 막는다
지금은 앵무새처럼 몇 개의 단어만을 주고받지만
예전에는 종알종알 참새들 같았다는데

마루 끝에 앉은 할머니가 양말을 깁다 말고
닭들을 앞마당으로 구구, 구구 부르더니
모이 대신 밥 서너 덩이를 던져 주고는
흐뭇한 미소를 지으며 다른 양말을 깁고 있다

밥통은 생각한다
밥상 앞에서 스스로 깨닫게 되는 세상의 이치를
제각각 자기가 선생이 되어 자기 생각대로 사는 식구들에게
밥통은 자기의 일생을 한 줄로 길게 펼쳐 보이며
식구란 너희들에게 어떤 의미냐고 묻는다

꽃비 내리던 날

한바탕 소나기가 지나갔다
길고양이가 걱정되어 나가 보니 밥을 먹고 있다
서쪽 하늘엔 또 다른 먹구름이 몰려온다

끼니마다 밥을 먹어도 또리의 빈자리 배가 고프다
그리움이 거실 가득 몰려온다
그 기세를 꺾으려고 찻물을 끓인다

멧비둘기를 찾아 집을 나선다
아카시아 꽃비가 하얗게 내린 산길을 오른다
또리를 보내고 돌아오던 길에도 하얀 벚꽃이 비처럼 내렸다
직박구리가 나뭇가지 사이를 날아다니며 애타게 짝을 부른다

산등성이 살구나무 아래 그네가
홀로 앉아 저녁노을을 바라보고 있다
노을빛 곁에 또리의 모습이 나타났다 사라지길 반복해서
나는 캄캄해져서야 칭얼대는 산길을 휘청거리며 내려오는데
꽃비가 후드득후드득 쏟아진다

낯익어서, 낯선

섬과 섬을 잇는 구름다리를 혼자 건넜다
바다는 낯익은 풍경들을 데려와 함께 걸어가라 하고
나를 아는 바람은 못 본 체 그냥 지나간다

언덕을 올라 소나무 숲속을 지날 때쯤
함께 바라보던 낯익은 풍경들이 쓸쓸해져
오랫동안 참아 온 눈물이 쏟아졌다

들풀처럼 사는 내게 그는 섬의 내력과
바닷가 무덤의 전설을 말해 주며 쓸쓸할 때 들르라더니
커피 대신 블랙 러시안을 시켜 놓고 바라만 보다가
늙은 고깃배를 타고 저녁노을 속으로 사라졌다고

오랫동안 이 섬에 올 수 없었다
가끔 선착장에 앉아 섬을 바라보다 돌아가곤 하는데
한 번만이라도 와 달라고 보채는 갈매기들과 낯익은 풍
경들이
밤마다 꿈에 나타나 손을 잡아끌고 있으니

둑 위에 나를 아는 해당화 화려하게 피었다

하늘을 날아오를 날개를 내게도 달아 달라고
허리 굽은 늙은 고깃배는 펄밭에 누워 삐걱거리는데

그가 돌아오다

이사한 집을 이 년 만에 찾아낸 직박구리가
하루에도 몇 번씩 날아와 긴 수다로 안부를 묻고는
고양이 밥을 축내고 물그릇에 목욕까지 한다

얼마나 헤매다 찾아낸 걸까
동사무소에 찾아가 주소를 확인하고 싶다고 하면
개인 정보는 누구에게도 가르쳐 줄 수 없다고 하고
예전에 살던 집에선 어디로 갔는지 알 수 없으니
다신 찾아오지 말라고 귀찮아했을 텐데

언젠가는 만나게 된다는 노랫말을 믿고
카페와 책방과 지하철역을 수없이 찾아다녔듯이
그리운 얼굴을 보고 싶어 하는 건 사람의 일만은 아닌
가 보다

직박구리의 다급한 울음소리에 뛰어나가 보니
까치들이 떼로 몰려와 직박구리를 위협하고 있다
나를 본 까치들은 십자가 꼭대기를 향해 날아가고
직박구리가 의기양양 전깃줄 위를 뛰어다닌다

나무들처럼

나무는 겨울을 지나기 위해 마음을 뿌리 아래 가둔다
마음을 가두는 일이란 생명마저 가두는 일이어서
천년을 살아온 나무가 아니고선 알 수 없겠다

개천을 따라 길게 줄을 선 버드나무와 은행나무들이
석양을 따라가다 다시 돌아와 그 자릴 지킨다는데
그렇게 돌아오는 길에 하는 다짐은 물거품처럼 가벼워져
새벽마다 마음 비우고 새들을 다시 불러들여야 한다는데

그 겨울 석양은 혼자 산을 넘어가지 않았다
마음씨 착한 누군가를 데리고 산을 넘던 석양이
수돗가에 앉아 있는 내게 붉은 노을 한 점 던져 주고 달
아났는데
석양이 던져 준 선물로 내 짧은 목숨 줄은 길어졌다고

하늘만 바라보고 살아가는 나무들을 닮고 싶은 날
나무처럼 동요하는 마음을 뿌리 아래 가둘 수 없어 슬
픈 날
살구나무 아래 그네를 타고 저녁노을 속으로 들어간다

새들이 떠나간 자리

어머니는 기력이 없다며 시름시름 앓으시더니
새벽부터 아픈 자리마다 땜질하신다

납으로는 머리카락이 빠져나간 자리와 부서진 이빨들 사이
를 메우고
골다공증으로 시큰거린다는 뼈의 구멍도 메운다
알루미늄으론 뇌 그리고 중추신경계와 근육이 풀어지는 곳을
수은으론 대장과 위의 표면을 매끄럽게 땜질한다
우울한 밤에는 비소와 세슘을 불러내 춤사위에 빠지기도 하
는데

아버님이 떠나간 후에 삼켰던 수많은 알약과 제산제가
어머니의 몸에선 신비롭게 불을 켜고 앉아 누군가를 기다
린다고
무더위에도 어머니는 바람이 싫다며 문을 닫고 누우시는데

불혹不惑의 나이에 나는
직장 일과 아이들 양육 그리고 늦공부까지 하느라 지쳐 있
었더니
내 몸속에 살던 새들은 다른 둥지를 찾아 떠나 버렸다

새들이 살던 자리마다 칼슘과 마그네슘 아연과 인
그리고 구리와 셀레늄을 채워야 한다는데

내 귀에는 그것들의 이름이 새들의 이름으로 들린다
동박새와 멧새, 물까치와 어치 그리고 후투티와 논병아리
몸이 왜 그렇게 아픈지 아느냐고 묻는 의사에게
새들이 떠나간 자리여서 아픈 거라고 말하고 싶었지만

오해

또리가 생사를 넘나들고 있을 무렵
길고양이 한 마리 현관 앞을 서성였다

고양이는 아침저녁 찾아와
또리가 먹지 못한 사료를 대신 먹고는
새들의 밥그릇 옆에 앉아 날아오는 새 떼를 기다리다
따스한 햇살을 덮고 잠을 잔다

건강한 동물들은 성격도 좋다고 했던가
달아나기는커녕 층층계 서너 칸 위에 앉아
다정한 얼굴로 고개를 갸우뚱거리며
또리의 건강은 어떠냐고 묻곤 하더니

지난주 자기 배 속에 새끼가 자라고 있다고
퉁퉁한 뒤태를 보이고 종종거리며 돌아갔다
그리고 한동안 보이지 않았다

다시 고양이가 돌아왔다 매끄럽던 털들이 까칠해지고
무슨 할 말이 있는 것처럼 층층계 서너 칸 위에 앉아 있어
베란다 구석 자리에 집을 만들어 주었지만 오지 않았다
고양이는 내게 무슨 말을 하고 간 걸까

제2부

바람의 노래

바람이 문살에 붙은 해묵은 노래를 뜯어내고 있다

햇살이 졸고 있는 뒤뜰에 바람이 날아와 머문다
바람이 범람 직전의 바다 같은 슬픔을 달래려고
대나무 숲을 흔들며 레퀴엠을 연주한다
바람 소리에 어미 박새가 놀라 달아나고
둥지에서 우는 새끼들의 아우성에 새벽이 달려온다

새벽빛에 끌려온 햇살이 흩어진 대나무 숲을 빗질하고
밤새 울던 새들의 상처는 어미의 혀끝에서 아물어 간다
하현달처럼 몸의 일부를 매일 잃어 가는 일은
바람도 견딜 수 없는 일이어서 가던 길을 멈추고 뱅뱅
문살 위를 돌며 새 노래를 빚는다

허공을 붙잡고 있던 나뭇잎들이
바람의 지휘에 따라 새 노래를 부르고
새 노랫소리는 마을을 돌아 먼바다로 퍼져 나간다
노랑나비가 되어 돌아올 아이들을 위해
거리에선 노란 해바라기꽃들이 피어난다

편지

까치 울음소리가 겨우내 닫혔던 창문을 열게 합니다
지난밤 꿈에 기척도 없더니
새벽 먼 길을 날아와 오동나무 가지 위에 앉아 있네요
그대와 보낸 지난한 시간이 꿈인지 생시인지 까마득한데
아직도 난 그날의 기억 속에 살고 있습니다
그리울 땐 이생의 한 지점에서 만나자던 그대
그대에게 가는 길은 모두 막혀 있어
새로운 길을 모색하느라 골똘해지는 저녁엔 폭설이 쏟아
집니다
횡단보도 저 끝에 그대를 닮은 사람이 서 있다는 말을 듣고
그곳이 이생의 한 지점인 것 같아 뛰어나갔지만
그대는 찾을 길 없고
골목을 떠도는 고양이들을 만나 그들에게 밥을 주는데
사람들은 내게 고양이 밥 좀 그만 주라고 투덜거립니다
한때는 그들에게도 가족이란 이름으로 매화꽃처럼 환하
게 웃던
찬연한 봄날이 있었겠지요
그대가 떠나고 눈 내리는 겨울을 천 번쯤 맞는데도
나는 쉬이 늙을 수도 죽을 수도 없는 이생의 한 지점에 서
있습니다

그대가 먼 우주 밖에서 출발하여 이곳에 당도할 때쯤
나는 다시 처연한 봄꽃으로 피어나 그대를 만나야겠지요

나비 인연

깊이 재워 둔 분홍빛 상자에 편지들이 가지런히 누워 있다
꽃을 찾아 풀밭을 헤매는 나비들이 보이고
새벽녘에 쓴 편지에는 눈물 자국도 보였다
어느 날엔 면회를 와 달라고 손짓하고 있었지만
나는 내면의 벽이 너무 두꺼워 밖을 내다볼 수 없었다

그가 두 해를 거듭 찾아왔더라고
아흔을 넘긴 어머니는 근심스럽게 전화번호를 불러 주셨다
매듭을 풀고 싶어 수년을 찾아다녔다는데
차이콥스키와 폰 메크 부인이 나눈 편지처럼
우리에겐 편지 말고는 만난 기억조차 없는데
그는 나와 어떤 매듭을 지었기에 풀고 싶었는지 궁금했다

몇 달을 망설이다 전화했다 병원인데 검사받고 나가서
전화하겠다더니 보름이 지나도 깜깜무소식이다
그의 전화기에선 누군가가 부르는 노랫소리만 흐른다
(점점 더 멀어져 간다 머물러 있는 청춘인 줄 알았는데*)

줄지어 선 화분들이 비를 맞고 있다
접란이 앞다투어 런너들을 키우더니 일제히 나비 닮은 꽃

을 피웠다

　하루만 피고 지는 가여운 꽃나비들

　행운이라는 꽃말을 손에 꼭 쥐고 빗속을 훨훨 날아왔구나

　분홍빛 편지함에는 빗속을 훨훨 날아다니는 나비들이 숨
어 있다

* 김광석: 〈서른 즈음에〉.

숲속의 신전

넓은 하천을 따라
버드나무가 줄지어 서 있고
하천 건너편에 하늘을 이고 선 성스러운 나무
그 나무를 처음 보았을 땐
숲속의 신전같이 성스러웠다

이튿날 새벽 고택 앞에서
다시 그 나무를 만났다
희뿌연 자태가 늙은 선비처럼 고요해서
가까이 다가가는데
나무에서 바이올린 켜는 소리가 들렸다

언덕을 내려오는 길에
다시 그 나무를 만났을 땐
석양이 나무를 감싸 안고 젖을 먹이고 있었다
내게 들킨 게 무안한지 석양은 빠른 걸음으로 산을 넘어가고
그 자리에 노을이 내려와 나무 주위를 맴돈다

나는 신전의 내력을 묻고 싶어 문을 두드렸다
주인은 어딜 갔는지 대답이 없고

둥지 안의 새끼 새들이 얼굴을 내민다
나는 오래전에 집을 나간 아버지의 안부가 궁금해
신전의 뒷골목을 수색하는데

불면증

어느 산에 올라가면 당신을 만날 수 있나요
어둠은 잠자리에 들려는 내 앞에 어린 나를 소환해 놓고
그날의 이야기를 찬찬히 보여 주네요
창밖의 빗소리는 누군가가 부르는 구슬픈 노래

이렇게 우울한 밤엔
그날의 들판을 지나 언덕을 오르곤 해요
언덕에서 내려다보던 그 찬란한 바다를
바다 위를 날아다니는 건 갈매기가 아닌 나였죠

학교를 마치고 돌아오는 길엔
늘 지는 해가 먼저 와서 나를 기다리고 있었어요
나는 노래를 부르며 언덕을 올라가고 있었는데
　그날은 하늘을 붉게 물들여 놓고 석양이 급히 사라져 버
렸어요
　석양이 할아버지의 영혼을 데리고 서쪽 산을 넘어간 거죠
나는 그 자리에 주저앉아 울었어요

　그날 이후 달이 풍덩 바다에 빠져 버리는 걸 자주 보는데요
오늘 밤은 내가 꿈속으로 풍덩 빠지면 안 될까요

제발 설명이나 잔소린 삼가세요

어느 산에 올라가야만 그댈 만날 수 있는지

분갈이를 하다가

스노우 사파이어와 금전수 그리고 접란의 분갈이를 하다가
그들은 뿌리가 굵은 튼실한 조상을 두었다는 걸 알게 되었다
금전수는 감자처럼 굵은 알뿌리가 화분을 깨트려야만 나
올 기세였고
접란의 뿌리 또한 짐작이 안 될 정도로 굵고 실하다
스노우 사파이어는 번식을 잘한 만큼 뿌리도 튼튼하다

처음 내게 올 땐 작은 화분에 어울리는 화초들이었다
우리가 모두 그랬듯이
스노우 사파이어는 고귀한 사람처럼 아름답고
금전수는 줄기와 잎들이 믿음직하고 다정하다
접란은 누군가의 화분에서 자라던 줄기 하나를 떼어 물에
담가
뿌리를 내렸으니 꽃을 보리라는 생각은 미처 못 했다

애초에 아주 큰 화분에 심었어야 했다 우리 집 장손처럼
어렸을 때부터 존칭어를 쓰며 귀하게 키웠어야 했다
저 화초들이 모두 독을 가지고 있다는 말에 마음이 놓이는데

어머니처럼 오래 살까 걱정되는 날들이 많아졌다

접란처럼 자란 막내가 쓴소리라도 하는 날엔 더더욱 그렇다

그에게 가고 싶은 날

화초 한 잎 깨물다가 나비처럼 날아갈 수 있다면

달콤한 잠

눈이 온다
객지를 떠돌다 돌아온 가장 아름다운 폭설이다

오랜만에 고향 친구들이 골목 어귀에 모였다
우린 손잡고 노랠 부르며 눈길을 걸었다
우릴 뒤따르는 동네 아이들로 골목은 시끌벅적이다

함박눈 사이로 비둘기 떼가 날아오른다
날아오르던 비둘기들이 눈처럼 사방으로 흩어진다

신발 속으로 들어간 눈을 터느라 한눈판 사이
친구들도 우릴 따라오던 아이들도 모두 사라지고
나 홀로 자하문 밖에 서 있다

눈 속에 파묻힌 석파정이나 한 바퀴 돌아보려고
큰길을 나서는데 갑자기 들려오는 아가씨의 낭랑한 음성
1호선으로 바꿔 타실 분은 신길역에서 하차하시기 바랍니다

111년 만의 폭염에 어젯밤도 선잠을 잔 모양이다

나팔꽃

상추 곁에서 자란 배나무가 내 키보다 더 크다
애플민트 무리가 상추를 몰아내고 주인 행세하더니
나팔꽃 줄기 하나 배나무를 붙잡고 일어섰다

나팔꽃 줄기를 배나무에서 떼어 내 옥상으로 올라가는 줄에
돌돌 두 바퀴 올려 주고 잊고 지냈다
며칠 전 노을 사진을 찍으러 옥상에 올라가다
나팔꽃 줄기에서 피고 진 꽃들과 피어날 몽우리들이 매달
려 있는 것을 보고
미안하단 생각에 코끝이 찡하다

혼자 피고 지는 게 나팔꽃인가 생각하다가
나팔꽃을 키우는 어떤 아름다운 손길이 있어
신나게 하늘가를 오르내리고 있는 것 같아 하늘을 바라보니
눈썹만 한 낮달이 어서 올라오라고 손짓한다
나팔꽃 줄기가 하늘에 닿으면 꽃의 숫자만큼 별이 된다는데

기적

채송화 줄기가 부러진 채 땅에 떨어져 시들고 있다
부러진 줄기를 화분에 심어 탁자 위에 두었다
텅 빈 집 안에 채송화꽃 두 송이
시든 줄기 사이로 분홍 꽃을 피워 올렸다

출근하는 길
건널목 앞에 서 있는 꽃을 보고 놀랐다
물질의 부요가 마음의 부요를 이길 수 없다고
앞마당 가득 꽃을 키우며 살던 노인이 꽃이 되었다

올 사람도 기다릴 사람도 없어 한적한 밤
생각 없이 던진 말들이 화살로 돌아와 가슴에 꽂혀
깊은 바다를 유영하다 돌아온 탕자처럼 피곤하다
장롱 깊이 잠자는 솜이불을 꺼내 덮고 잠이 들었다

아픈 게 어디 너뿐이랴!
마당에 감나무도 그 아래 자라던 풀들도 시들시들 않고
있다
키가 더 크지 않는 대추나무 누덕누덕 생채기 덧나고 있다

>
채송화가 저 혼자 힘으로 꽃을 피웠다고 말하지 마라
온 우주가 힘을 모아 준 기적이다

자작나무

면회를 거절한 지도 오래
그는 암 수술을 받고 굶고 있단다
걸어야 산다며 복도를 걷고 있던 그의 뒷모습은
물기가 다 빠져버린 하얀 나무 같았다

저 나무 이름이 자작나무라며 앞산을 가리킨다
산 중턱에 하얗게 무리 지어 서 있는 나무들
산 아래 물길을 내려다보며
긴긴 겨울밤 뜬눈으로 허옇게 늙어 버린 나무

봄날 춘천 자작나무 숲에서 자전거를 타는 한 무리를 만났다
오래전 천국에 가 있을 것 같던 그가
파랗게 물이 오른 봄바람을 헤치며 자전거를 타고 있다

자작나무는 하얀 수피 밑에 기름을 저장한다더니
그날 꿈속에서 자작나무 하얀 수피를 벗겨
그에게 긴 편지를 썼다

흐린 기억 속의 여인

장맛비가 세차게 쏟아지는 날이면
빗속에서 한 여자의 울음소리가 들려온다

태양이 발광하던 여름날
메밀밭을 매던 여자가 목 놓아 울고 있다
이 많은 식구를 내게 맡기고 가면 나는, 나는
소꿉놀이하던 아이들이 놀라 엉엉 울고

발광하던 태양은 여자의 울음소리에 놀라
슬며시 구름 속으로 사라진다
울음을 그친 여자가 옷매무시를 가다듬더니
우는 아이들을 품에 안고 흥얼흥얼 노래를 부른다

해가 뉘엿뉘엿 여자를 집으로 돌려보내고
다시는 태양이 그녀의 울음소리를 듣지 못했다는데

지난여름 무더위에 지쳐 집에 돌아와 보니
미색 블라인드가 쳐진 창문 밖에 태양이
한 여자의 울음소리를 집 안 가득 풀어놓고 있다

환희

겨울을 지나 늦은 봄까지 먹이를 찾아 오던 새들이
코로나19가 창궐하자 이 골목을 떠나 어딘가로 날아갔다
새들이 뛰어다니던 전깃줄과 베란다를 멍하니 바라본다

새로운 직업을 찾아 고민하던 끝에
나비에게 날개를 달아 주는 일자리를 구했다
머리를 쓰지 않아도 되는 단순 작업이라
역사 강의와 철학 강의를 들으며 하는 일이라는데
역사는 과거를 통해서 현실을 돌아볼 수 있어 좋은데
과거의 역사가 자꾸 되풀이되는 것 같아 슬프다고 했더니
그럼 철학 강의라도 먼저 들어 보자고 팔을 끌어 앉힌다

날개를 달아 준 나비들은 하늘로 훨훨 날아가고
강의하는 교수의 철학 강의는 유창해서 지루하지 않았지만
새들의 노랫소리만큼 즐겁진 않았다

가끔 새들도 내 안부가 궁금한지 기척도 없이 날아와
잉크빛 똥을 싸 놓고 사라지는데 그곳 삶도 녹록지 않은
가 보다

\>

날개를 달아 주는 일도 철학 공부도 행복하지 않아
창가에 앉아 길고양이를 기다리는데
저 멀리 한 무리 새 떼가 우리 집을 향해 날아오고 있다

바람이 차다

햇살이 창가의 화초들을 깨우고
겨울잠 자는 내게 빛바랜 사진 한 장을 내민다
오랫동안 발길을 끊고 잊혀 가던 바닷가

봄은 바다를 건너온다는 누군가의 글이 생각나 급하게 집
을 나섰다
골목을 지나 큰길로 나가니 바람이 차다
역을 향해 걷는 발걸음이 바람 때문에 차츰 느려지고
코로나19로 온 세상은 발칵
그곳을 다녀와서 병이 날 것 같아 망설이다 돌아섰다

목을 빼고 바닷가를 서성이며 지낼 조각상들과
찻집과 함께 늙어 가는 여주인을 생각하다가
아지랑이처럼 아련한 풍경 속에 한 사람이 눈앞을 스친다
그가 없는 세상엔 놓치고 사는 것들이 너무 많다

가을 하늘

바다로 가는 전철 창문 밖에
수억 마리 새 떼가 날개를 펴고 하늘로 날아오르네

아! 저 날개를 내게 몇 시간만이라도 달아 주신다면
저 넓은 하늘을 훨훨 날아 어머니 얼굴 한번 뵙고 올 텐데
눈이 어두운 어머니가 저 하늘 끝 어딘가에서
더듬더듬 기도 자리를 찾고 계시진 않으시려나

수천 년을 떠돌고 떠돌아도 너는 어머니를 뵐 수 없다고
바람은 내 어깨를 들썩이게 하는데

수평선 저 끝에 구름 사이로 어머니가 환하게 웃으며 손
짓하고 있다

회상

붉고 가늘게 뻗어 나가던 생각들 사이로
중간, 중간 불안한 이파리들이 올라온다
공중에서 어지럼증을 느끼며 떨어지는 이파리들
꽃바람을 타고 멀리 날아간다
이파리가 떨어져 나간 자리마다 붉은 눈물 맺히고

반쯤 잘려 나간 위胃와 마지막 거즈를 꺼내는 손 사이에
잠깐 쓸쓸한 미소가 지나간다
불길한 생각으로 병실을 찾았으나 친구가 없어 나오려는데
갓 서른을 넘긴 네가 다 늙어 버린 얼굴로
내 이름을 부르며 손짓하고 있다

병원에서도 손을 놓은 너를 데리고 기도 받으러 가던 날
오늘은 입맛이 난다며 너는 설렁탕 한 그릇을 다 비웠는데
기도해 주시던 분은 네게
세상과 맺은 연을 모두 끊으라고 하셨지

너를 생각하면 어디선가 웃음소리가 날아든다
까르르까르르 파솔라시도 음계처럼
네 웃음소리는 늘 한 음씩 올라갔지

나는 너를 그리워하고 너는 다시 봄꽃으로 돌아와
봄 동산을 웃음 동산으로 노랗게 물들이고 있지

제3부

빈집

쓰러져 가는 빈집 마당에 핀 한 무더기 함박꽃
한복 곱게 입고 부엌문 앞에 앉아 아들을 기다리는 어머
니 같다
아직도 어머니는 빈집에 남아 아궁이에 불을 때고
무쇠솥에 쌀을 안치고 큰길을 내려다보고 계시는구나

붉은 지붕에서 떨어지는 빗물 맞으면서
어머니는 올해도 한 무더기 함박꽃을 피우셨구나
무너진 담을 몸으로 막느라 덩치를 키워 가는 찔레 덩굴에서
하얀 찔레꽃들이 빈집을 환히 밝히는데

하루에 한 번 안부만 묻고 가는 마을버스
빈집을 지나가다 누군가를 보고 손을 흔든다
하얀 찔레꽃 무리 어서 돌아가라고 손을 젓는데
바람결에 날아온 꽃향기가 어머니 향기 같아 자꾸 뒤를 돌
아본다

뜬구름이 되어

구청을 나와 걸었다

하늘은 가을 바다처럼 푸르고 내 몸은 바람처럼 가벼웠다

민원실 앞 공중전화가 오랜 침묵을 깨고 그의 목소리를
전송한다

그 목소리엔 침묵이 묻어 있어서

달도 뜨지 않는 그믐밤 같은 시간을 홀로 보내며

수없이 묻고 싶었던 말들은 모두 삼키고 돌아가신 어머
니의 유언만 전했다

그때 막 끊어지려는 전화기에서 때 거르지 말라고 했던가

불혹의 나이에 형제들과 친구들은 전원주택을 지어

강가나 바닷가로 이사를 하고

이것도 저것도 아닌 나만 도시의 변두리를 지키는데

기억 속에 별들조차 이마를 내놓지 않던 시절

언제 블랙홀 속으로 사라져 버릴지 모를 내게

그는 노랑딱새와 물까치까지 보내 주었지만

시름거리며 앓는 새들을 그냥 돌려보낼 수밖에

언덕을 넘어 오거리를 지날 땐

잠시 눈을 유혹하는 여행 가방들이 거리에 나와 있었지만

곧 떠날 여행 날짜도 기억하지 못하고 아무 생각 없이 걷고 또 걸었다

찬바람 때문인지 눈물이 나고 눈이 시렸지만

걷는 내내 내 걸음을 따라오는 누군가가 있는 것 같아

발을 멈추고 뒤를 돌아보곤 했다

낙원에서

새해 첫날 기도원에 올라갔다
발 디딜 틈조차 없어
문 옆에 간신히 비집고 앉았다

강단에 선 노신사는
먼 나라에서 왔는지 버들피리를 분다
스물세 살에 들었던 그 노래다

기도를 드리고 나서
노신사는 큰 눈을 껌벅이며 청중을 내려다본다
스물네 살의 그 청년을 닮았다

이젠 그리워하지 않아도
그가 있는 낙원에 나를 불러 주시는구나
봄과 가을 사이 웃자라던 내 그리움은
어딘가로 사라지고

기도원을 내려오는 내내
내 마음은 낙원을 생각하느라
하롱하롱 하늘을 날고 있었다

가을

가을은
콘크리트 벽 뒤에
숨어 사는 단풍나무까지 찾아내어
고운 노랑이나 붉은 옷으로 갈아입히네

가을은
8차선 중앙대로
메마른 화단에서 자란 모과나무에도
빛 고운 노랑 열매들 주렁주렁 달아 주고
태교에만 열중하라고 태교에만 열중하라고
밤마다 별들을 보내 세레나데를 연주하네

가을은
떠났던 남편들을 돌아오게 하고
얼굴 가득 걱정과 근심을 매달고 나온 아내들을 향해
밤하늘 가득 뭇별들이 나와 노래 부르네

가을은 모든 걸 다 내주고
빈손으로 떠나가신 아버님 같네

재개발구역

네가 떠난 후에
누군가는 새집을 짓고
누군가는 새 책들을 내고
누군가는 부서져 가는 빈 골목을 지키는데

우체통에 쌓여 가는 편지들
길눈이 어두운 내가 전해 주려니
풀기 어려운 숙제 같아
길라잡이가 되어 주던 네가 그립다

무심히 기다리면 돌아오려나
오지 않는 기차를 기다리던 그날처럼
마음은 춥고 날은 어두워져서
금세 눈시울이 붉어지는데

모과나무 위의 참새들이
왜 저리 청승이냐고 소곤소곤 흉보고 있다
죽은 아내가 내려다보고 눈물을 흘리는지
비가 툭 툭 투두둑 떨어진다

대추나무 지분

대추나무엔 퍼런 대추가 주렁주렁 달렸다
골목 안 할머니들 햇볕을 피해 대추나무 아래 모여
평상 가득 맛난 음식을 차려 놓고 하하 호호 점심을 먹는다

대추나무 아래 평상 한 귀퉁이에 앉으려면
대추나무의 지분이 있어야 한다
그 지분은 골목에 사는 집주인들이거나 출세한 자식을 둔
할머니들이다

두어 집 건너 반지하에 사는 할머니 주워 온 박스들만 연
신 뒤적인다
할머니는 역으로 가는 길목에 앉아 도라지와 강낭콩을 까
서 파는데
사람들이 삼복더위에 큰일 나신다고 말리는 바람에
장사를 접고 박스 몇 장 끌고 돌아왔다

할머니는 언감생심 저 대추나무 그늘을 바라볼 수도 없어
고향 집 마당에 선 감나무 그늘을 생각하는데
그 모습을 대추나무가 멍하니 서서 내려다본다

올해는 대추나무에 씨알 작은 대추만 붉게 익겠다

선물

화분에 이름도 모르는 싹 하나가 고개를 들더니
쑥쑥 키가 자라 잎사귀를 열두 개나 매달고
가을엔 단풍도 들었습니다

누가 물어다 준 선물인지 알 수 없지만
베란다를 드나드는 새들일 겁니다
겨우내 모이와 따뜻한 물을 준 내게 내민 선물이겠지요
남편은 자두나무라 하고 아들은 살구나무 같다고 합니다
우리 집 베란다에서
자두나 살구가 주렁주렁 열리는 꿈을 자주 꾸곤 합니다

그런데 그 나무가 단풍까지는 잘 들었는데
차마 잎사귀들을 떨어내지 못하고 겨울을 만났습니다
첫 추위는 무사히 버티었지만, 더 매서운 추위가 오면
뿌리 아래 마음을 가두어야 추운 겨울을 견딜 수 있을 텐데

어서 봄이 오길 기다려야겠지요
선물은 함부로 받으면 안 된다는 말이 맞는 것 같습니다

어머니의 편지

장마가 온다는 소문이 떠돌고
무더위가 맹위를 떨치느라 몸부림치던 그해 여름
장골을 앓으시던 어머니는 영 나으실 기미가 없어
휴가 내내 어머니 옆에서 간호나 해 드리려고
어머니의 병환에 필요한 물품들을 사서 부치고 돌아왔는데
밤늦게 *나 이제 가야겠다*고 농담처럼 한마디 하시고는
주무시듯 세상을 떠나셨다는 전화를 받았다

너흰 좋은 세상 만났으니 하고 싶은 공부 마음껏 하라고
시대를 잘 만난 것도 복이라고 부러워하시던 어머니
코로나19가 온 지구촌에 창궐할 줄 누가 알았으랴
집 안에 박혀 2년도 넘게 여행은커녕
직장도 교회도 갈 수 없고 가족들이나 친구들도 만나지 못
하니
이제야 반년을 누워 계셨던 어머니 마음을 조금은 알 것 같다

부지런하신 어머니는 몸을 잠시도 쉬지 않으셨다
모든 일에 긍정적이고 열정적이셨던 어머니
어머니가 보내 주신 비가 밤새 내린다
하늘나라 이야기를 빼곡히 적어 보낸 어머니의 친서다

버릇

역마살이 내 몸 어디에 끼어 있기에
어스름이 스멀스멀 내리면 새벽에 떠나지 못한 걸 후회하며
내일 떠나야 할 곳을 찾아낸 사람처럼 가방을 싼다

밤새 꿈에 부풀어 잠을 놓치고 새벽녘에야 잠이 들었다가
해가 중천에 떠서야 떠나지 못한 걸 후회한다
밤마다 싸 놓은 짐들이 방 한구석에 가득하다

늙은 또리의 귀를 치료해 주는 일이 일상이 되었다
주인의 눈을 피해 구석 자리를 잡고 앉아 귀를 파고 있다
작은 소리에도 화들짝 놀라 뛰어나가던 버릇도 잠재우고
이젠 고요히 누워 잠을 자는 시간이 많아졌다

마음이 먼저 떠난 남쪽 하늘에
누군가가 검은 그림 몇 조각 그려 놓았다
나이가 지극해지면 추억을 파먹으며 살아야 한다는데
내 역마살은 언제 사라지려는지

쌀밥 나무

이팝나무가 쌀밥을 광주리 가득 이고 서 있다

아침을 거르고 출근하는 기찻길 앞에
기찻길을 따라 길게 줄지어 핀 이팝나무 꽃
보기만 해도 입이 벙글거리고 배가 불러 온다

보리밥조차 배불리 먹을 수 없었던 옛적에도
마을 어귀에는 누군가가 심어 놓은 이팝나무가
배고픈 사람들에게 위로가 되었다는데

겨우내 먹이를 찾아 베란다를 드나들던
참새와 까치와 산비둘기들도
어디선가 저 흰쌀밥을 배불리 먹고 있으려나

다행이다 봄날에 밥 퍼 주는 쌀밥 나무가 있어서

티스푼

그녀의 공장은 일거리가 넘쳐났다
불황이라고 모든 사업이 안되는 건 아니다
밤낮으로 재봉틀 돌아가는 소리가
그녀의 귀에는 통장에 돈 찍히는 소리로 들린다고

잘나가던 남편도 공장장 겸 시다로 채용되어
재봉틀 아래 앉아
밤낮으로 팬티와 브래지어를 접고 있는데
남편의 마음은 팬티를 닮아 자꾸 작아져서
미싱 바늘 하나에도 핏대를 세우고
직원들의 커피 마시는 시간도 아까워한다는데

남편 손에 접히는 팬티와 브래지어는
꿈을 안고 인도네시아와 방글라데시 그리고
아프리카까지 날아가 소녀들의 날개가 된다고

비행기를 타는 날이 잦아질수록 그녀의 꿈은 커지고
그녀의 꿈이 커질수록 남편은 작아져서
비즈니스 선물로 순금 티스푼을 만들던 날
지금 때가 어느 때인데 헛돈질이냐고

커 가는 그녀의 꿈을 깨트려 버렸다는데

그녀는 정작 금으로 만든 티스푼 하나를
슬그머니 남편 환갑 선물로 주었다고

그 남자의 아침

장맛비가 쏟아지는 이른 아침
남자가 비를 맞으며 주차된 자동차 유리창에 뭔가를 붙이
고 있다
걸음이 유난히 뒤뚱거린다
쭈글쭈글 주름 잡힌 다 닳아빠진 운동화가 벗겨질 듯 헐겁다
허연 머리카락이 뚝뚝 빗물을 받아 낸다
철 지난 바지가 걸음을 붙잡는지 남자의 손이 자꾸 바지를
끌어올린다
우리 집에도 신고 버린 운동화는 모두 어머니 차지였다
운동화에 맞춰 어머니의 발은 줄어들거나 늘어났다
배롱나무 붉은 꽃잎들이 길 위에 나뒹군다
꽃잎을 밟고 다니는 남자의 몸이 자꾸 비틀거리지만
남자는 아무 일도 없다는 듯 태연하다
길 건너 소망 학교 버스가 어서 오라고 손을 흔드는데
남자는 못 본 체 외면하고 서서 뒤통수만 만지고 있다

발목에 박힌 못

붉은 단풍잎을 떨어내던 벚나무의 발목에 낯선 게 있다
발목에 매달려 있는 은 목걸이
27 숫자가 박혀 있는 둥근 목걸이다

벚나무뿐 아니라 길 건너 가로수들의 발목에도
못 박아 걸어 둔 둥근 목걸이들
유심히 바라보는 내게 그건 나무의 등록증이라고
지나가던 아저씨가 귓속말한다

키가 큰 은행나무에 찌그러진 목걸이가 혀를 빼고 있다
나무가 못의 모가지를 조이고 있다
둥근 목걸이가 반쯤 나무에 묻혀 숫자조차 알아볼 수 없다

은행나무에 박혀 있던 못 하나가
언제부턴가 내 발목에 들어와 자릴 잡으려고
밤마다 살을 헤집고 있다

두려워 말라

전철을 타고 호수를 찾아가는 길이었는데
도착 두 정거장 앞에서 전철이 고장으로 서 버렸다

작년 가을 호수를 보러 가자는 친구를 따라나섰다가
색색으로 단풍 든 가을 산을 품고 있는 호수에 넋이 나간
내게
주산지와 비슷한 호수를 찾다가 이곳을 발견하게 되었다고
친구는 마지막 시간을 이곳에서 보내려고 하는데 어떠냐
고 물었다

화들짝 놀란 내게 친구는 암이 온몸으로 전이되었다고
아름다운 호숫가 풍경이 금세 흑백사진처럼 변해 버렸다
그날은 친구를 위로해 줄 어떤 말도 생각나지 않아 가슴
만 멨다
지난겨울 죽음의 공포에서 나는 이 말씀을 붙잡고 일어섰다

두려워 말라 내가 너와 함께함이니라
놀라지 말라 나는 네 하나님이 됨이니라
내가 너를 굳세게 하리라 참으로 너를 도와주리라
참으로 나의 의로운 오른손으로 너를 붙들리라

>
네게 이 말씀을 전해 주고 싶었는데
누군가가 전철의 발을 묶어 놓고 돌아가라 하니
그냥 돌아설 수밖에

콩나물이 자라는 방

모두가 잠든 캄캄한 밤
콩들이 싹을 틔우고 키를 늘리며 기지개를 켜는
콩들의 방엔 수만 가지 꿈들이 날개를 편다

콩들의 노란 꿈이 커다란 풍선이 되어 날아오른다
나는 풍선을 따라 푸른 하늘을 날고

방금 꾼 꿈 속에서 헤어나지 못하고 무언가를 찾고 있다
누군가 내 어깨에 달아 준 커다란 날개
난 분명 하늘을 날고 있었다

저 먼 나라까지 소문이 난 걸까
누군가가 내게 커다란 날개를 달아 주었으니
이젠 건강하게 살아도 된다는 말일 게다

윗목에서 쑥쑥 자라는 콩들처럼
나도 이젠 싱싱 달려야겠다

제4부

고사목에 꽃이 피고

정원의 고사목 아래 호박 넝쿨
키가 큰 나무가 되고 싶어
죽은 나무둥치를 기어오르고 있다

까칠한 나무를 달래고 어르며
몇 달 밤낮을 오르내리더니
나뭇가지마다 노란 꽃등을 켜고
벌, 나비들을 불러 잔치를 한다

고사목이 살아나 꽃을 피웠다고
사람들이 나무 아래 모여 손뼉을 친다

벌, 나비가 다녀간 후
꽃등을 켠 자리마다 푸른 눈물 맺히더니
늦가을 고사목의 나뭇가지들이
열매를 주렁주렁 매달고 있다

서녘 어딘가에 산다는 그가
밤하늘 가득 못다 한 이야기꽃 펼쳐 보이면
나의 푸른 눈물도 열매 맺을 수 있으려나

약속

눈을 감으면 거울에서나 물병에서도 새소리가 난다
그와 읽은 책들을 수없이 버리고 버려도
버린 책 속의 구절들이 생각나서
나는 늘 가슴에 체기를 달고 산다

물을 달라고 가늘고 긴 붉은 팔을 흔들던 화초들은
그가 떠나고도 십 년을 더 견디는구나

죽어서 새가 되어 날아다니고 싶다던 그는
지금 어느 창공을 날고 있는지
층계 위에 새들의 모이와 물그릇을 놓고 잠이 들었다
새 한 마리가 바다에 빠져 허우적거리다가
다시 날아오르는 꿈을 꾸었다

이른 아침 참새 부부가 다녀간 뒤
곤줄박이 식구들 떼로 몰려와 시끌버끌 베란다 구석구
석을 청소한다
직박구리가 먹이를 보고 날아온 까치 두 마리를 거뜬히
몰아내고
의기양양 전깃줄에 앉아 짝을 부른다

\>

저녁 무렵 어슬렁거리며 찾아올 길고양이를 위해
밥상을 차리다가 누군가를 생각하며 밥 한 그릇을 더 놨더니
사춘기처럼 예민한 직박구리 언제 또 왔는지
대문을 나서는 내 머리통에 대고
골목 안이 붉어지도록 소리소리 지르며 타박하고 있다

노을 곁을 날아오던 그가 하늘에서 기가 차다고 웃는다

부고를 받고

봄볕을 받은 나뭇가지들이 파랗게 물이 오르고
남녘의 매화나무가 꽃을 준비하는 이월의 마지막 날
느닷없이 선생의 부고를 받았다

선생이 마지막 몸을 부렸다는 병원이 아닌
남쪽으로, 남쪽으로 날아가고 있었다
그러나 생각 속에 갇힌 나는
날아가는 비행기 안에서나 먹을 것 앞에서도
춥고 고단한 길을 걸어온 선생의 긴 여정을 생각했다

통일을 위해 일한다는 선생에게 행여 어떤 물이 스며들까
가까이 오려 할 때마다 돌을 던졌는데
오늘 하노이에선 그가 그리도 갈망하는 통일을 위해
미국과 북한의 고위급 회담이 열리고 있다는데

그 희망찬 소식을 눈앞에 두고도 삶의 끈을 놓고 말았으니
봄은 새로 태어나는 것들에게만 새 삶을 부여한다는
자연의 순리를 누가 막을 수 있으랴만
죽어서는 부디 진진초록의 길만 걸어가시길

겨울

탁자의 가장 넓은 자리에 앉아
가으내 그녀의 마음을 흔들던 보랏빛 국화 화분
지난밤부터 돌아갈 준비를 하는지 안색이 어둡다

제 빛깔과 향기를 뿌리 안으로 가두어
보랏빛 꽃잎도 진한 향기도 차츰 엷어지더니
정성껏 뿌려 주는 물조차 뱉어 내고 있다

가을 들판에 홀로 피고 지는 들국화처럼
그녀에게도 온 우주를 떠안고 살던 시절이 있었다는데
그 시절의 그리움 잠잠히 재우고 이젠 빈 수레만 남았다고

그녀는 이제 보랏빛 국화와 함께 동면에 들 시간
별들이 문을 열고 기다리는 시간
온 우주가 작별을 덤덤히 받아들이는 시간

플라타너스

한바탕 봄꽃들이 피고 진 자리에
연둣빛 잎사귀들 초록빛 옷으로 갈아입었다
4월이 저만치 가고 5월이 나풀거리며 오는데
플라타너스가 테헤란로에서
부끄러움 모르고 알몸 시위하듯 서 있다

지난여름 지나가는 사람들에게
하얀 씨방 허락 없이 날린 죄로
늦가을 테헤란로 가로수들 몸뚱이만 남기고 다 잘렸다
빈 몸뚱이로 저렇게 멀쩡한 듯 서 있지만
플라타너스는 지금 먼 우주를 여행하는 중이다

그가 서 있는 자리에
새들이 날아와 노래를 부르는데
그가 새들의 노래로 고단한 시간을 견딘 것처럼
새들도 고단한 날개를 그의 품에서 접고 싶어 한다는데

플라타너스가 눈을 뜨길 간절히 바라는 사람들이여
보고 싶다는 말이나 그리웠다는 말을 함부로 날리지 마라
울트라사우루스* 빨리 일어나라고 소리치지 마라

플라타너스는 지금 공룡처럼 퇴화하는 중이다

* 울트라사우루스: 공룡의 이름.

가출

어른들은 여객선보다 시외버스를 더 신뢰했지만
나는 꿈을 싣고 넓은 바다를 달리는 여객선을 더 좋아했다
회오리바람이 자주 출몰하는 겨울 바다엔 배를 타던
아이들이 가끔 물에 빠져 곤욕을 치른다는 소문이 나돌았다

나는 새벽 미명에 집을 나와 나루터를 향해 걸었다
할아버지의 헛기침 소리가 내 어깨를 잡아끌고
컴컴한 산들이 내 뒤를 무섭게 쫓아왔다
언제 산짐승들이 튀어나올지 몰라 가슴이 두근거렸지만
마지막 산모퉁이에선 동이 밝아 왔다

허름한 나루터는 늦가을처럼 쓸쓸했다
태풍으로 인해 출항 금지라는 메모지만 바람에 흔들렸다
길가에 돌멩이를 툭툭 차며 오던 길을 돌아가는데
혼이 반쯤 빠져 달려오던 어머니와 마주쳤다 그날 어머
니는
무역선을 타고 바다로 나간 외할아버지 이야기를 해 주셨다

햇빛 반짝이는 날이면 내 마음은 나루터로 달려갔다
바다에 떠다니는 금빛 물결 타고 이리저리 떠돌다가 해

질 무렵

　막배로 돌아오는 누군가를 만나고 싶었지만

부탁

억지로 먹는 밥이 무슨 피가 되고 살이 된다고
밥 한 그릇 먹느라고 너무 힘들어한다
애처롭게 바라보는 내게 조금 더 살고 싶다더니
캄캄한 숲속으로 들어가 나올 줄 모르네

제주도 사려니 숲이나
군산의 월명공원과 호숫가도 거닐고 싶고
부안의 내소사에선 며칠 묵으며 누군가를 기다려야 한
다더니
이름 없는 버섯이나 작은 풀꽃으로 사는 것도 즐겁지 않
겠냐고
돌멩이처럼 맑은 얼굴로 내게 묻곤 했지

그의 말을 해독하지 못한 내 마음을 알았는지
그는 커다란 트리안 화분을 대문에 걸어 두고 사라졌다
난 수시로 찾아오는 새들과 길고양이들의 밥을 챙겨 줘
야 하는
늙은 골목의 집사인데

트리안은 왜 몸집이 자꾸 작아지는지

물을 줄 때마다 그가 산다는 숲속 나라를 생각하게 되고
그 나라가 그리운 트리안은 자꾸만 몸집을 줄여 가는데
올가을엔 그 나라에 트리안도 데려가 줄래요

산책

여기저기 부스럭부스럭 산은 살아 있다
까치가 낙엽을 밟고 미끄러지다 중심을 잡고 선다
초겨울 오후 가는 햇살은 산 구석구석을 살핀다
산수유나무에 철 지난 빨간 눈물이 주렁주렁 매달려 있다

산 중턱에는 오래된 갈참나무들이 쓰러진 채 나뒹군다
저 쓰러진 나무들만 모아도 몇 가구의 겨울은 따뜻하게 날
것 같은데
나무가 쓰러지면서 연쇄적으로 몇 그루가 또 위태롭다
그러나 데크 위를 뛰거나 걷는 사람들에겐 먼 나라 이야기

어릴 적 우린 산에서 몰래 나무하는 나무꾼들을 말리러 다
녔다
산이 없는 집에선 도둑나무라도 해야 추운 겨울을 지날 수
있었으니
응달에서 양지까지 산등성이를 돌다가 부스럭거리는 소
리가 나면
큰 소리로 산이 떠나가라 〈섬집 아기〉 동요를 불렀다
노랫소리가 들리면 나무꾼들은 슬금슬금 도망을 쳤다

>

이 산에는 소나무보다 갈참나무와 단풍나무, 상수리나
무가 많다

바람이 불 때마다 낙엽들이 우수수 바람을 따라다닌다

언덕에선 곤줄박이가 낙엽을 헤치다 인기척에 놀라더니

흙 속에 있는 뭔가를 빠르게 쪼고 있다

가던 길이나 가라는 듯, 태연하게

새를 찾아 떠난 토토

출근길에 그녀의 뒤를 무작정 따라와
책상 아래 누워 제집처럼 편안하게 잠을 잤다는 토토
집이 어디냐고 물어도 눈만 껌벅이며
갈 곳 없는 아이처럼 눈물만 글썽였다고

그녀는 혼수로 토토를 데려왔다
본가 어른들은 개를 싫어했지만
태생이 선하고 정이 많은 토토를 보고는
어른들도 금세 좋아하게 되었다는데

꼬맹이가 태어나면서
토토의 솜사탕 같은 산책 시간은 날아가 버리고
늘 허둥대고 바쁜 그녀가 던지는 말은
토토 기다려, 라는 명령뿐이었다고

토토의 등에 앉아 두 귀를 잡고 흔드는 꼬맹이
꼬맹이의 괴롭힘에도 내색하지 않고
꼬맹이를 좋아하던 토토가 그들의 우정이 깊어질 무렵
저 들판의 새를 찾아 떠나가 버렸다는데

>

오늘도 꼬맹이는 유치원에서 돌아와

토토를 부르며 집 안, 밖을 찾아다닌다고

석양증후군

아들 부부는 자기 집으로 돌아가고
아내는 옆방 침대에서 숙면 중이다

석양이 내게 말을 걸어온다
밤새 기침을 하거나
배가 고프다고 떼를 쓰거나
아프다고 데굴데굴 구르렴
그럼 사람들이 너랑 놀아 줄 거야

심심한 석양은 서쪽 하늘에
모네의 정원을 그려 놓고
그 정원으로 들어가 고양이와 놀고 있다

모네의 정원에 들어가고 싶은데
석양은 그림들을 둘둘 말아 안고
수평선 너머로 사라지는데
내 기억은 어딜 헤매고 있는지
석양에게 물었어야 했다

석양이 떠난 창가에

어둑거리며 찾아드는 절름발이 그리움
밤새워 골목을 떠도는 길고양이처럼
나는 기억의 끈을 찾아 헤매느라
책장에 꽂힌 책들을 다 펼쳐 보고 있다

담쟁이

가냘픈 다리로 혼자 설 수 없어 허우적거리는 내게 내 손을 잡고 일어서라던 소나무 잠깐 손을 내밀었을 뿐인데, 나는 소나무의 몸을 감고 바람의 노랫소리 들으며 긴 여름을 보냈다 내 친구들 또한 참나무 굴피나무 후박나무의 몸을 감고, 키를 늘리고 있었다 나무들은 창문을 열어 놓고 노심초사 강풍과 햇볕과 쏟아지는 소나기를 걱정하다가도 여기저기서 등이 가렵다고 투덜거리는데

햇볕이 뜨겁게 내리는 삼복더위 졸고 있는 나무들을 위해 우린 두 팔을 펼쳐 들고 서 있느라 몸살이 나기도 하고, 바람이 세차게 부는 날엔 손톱 발톱까지 있는 힘을 다해 버티는데, 나무들은 너 때문에 숨이 막혀 죽겠다고 화를 내다가도 달이 떠오르는 서늘한 밤엔 함께 춤이나 추자고 손을 내민다

초가을 숲속에는 활활 불길이 번졌다 하늘 가까이 올라가고 싶은 우리들이 일제히 붉게 타올랐기 때문이다

상현달이 따라온다

장례식장에서 집까지 줄곧 나를 따라오는 상현달
누가 보낸 미행자일까
단 한 사람의 위로조차 받지 못한 나를
저렇게 따라오며 잔소리하고 있으니

긴 강가를 따라 정처 없이 방황하던 날도
상현달이 따라왔다 막무가내로 울면서
음식의 모든 맛을 잃어버리고
누굴 만나도 행복할 것 같지 않은 나를
상현달이 따라온다

산천은 고요히 그대로인데
너는 지금 어디서 무슨 꿈을 꾸고 있는 거니
네 창가에 어떤 꽃들이 피고 지는지
너를 하현달이라 부를까
이런 내 모습을 보려고 상현달을 보낸 거니

방 안을 슬그머니 들여다보고는
저편 하늘가에서 마냥 바라만 보고 있는

바다에 들다

햇살이 좋은 날 한번 다녀가라고 손짓하는 바다를 만나러
이른 아침 전철을 탔다
전철에서 내려 선착장으로 가는 버스를 기다리는데
바람이 가로수들을 몸살 나게 흔든다
버려진 캔들이 누군가의 장난질에 말려 차도를 굴러다닌다
지나가는 차에 치일 것 같아 불안하다
어제부터 폭풍주의보라는데 왜 또 이런 날씨에 나를 부
르는지
오지 않는 버스를 오랫동안 기다렸다
그 많던 사람들은 모두 어딜 갔는지
배에서 내려 섬에 하나뿐인 버스를 탔다
낚시꾼과 내가 승객의 전부다
세 개의 섬을 연결한 다리가 생기고 나서 관광객들이 많아
졌지만 오늘은 예외다
바다로 가는 길목의 들판은 작년 가을처럼 풍성하지 않았다
벼는 작은 낟알 몇 개씩 달고 익어 가는 중이다
흉년이라더니 저수지엔 물 대신 갈대와 풀들뿐
붕어와 송사리들은 하늘 여행 중일까

길 위에 뒹구는 씨알 작은 도토리들과 솔가지들이

어젯밤 태풍의 위력을 말해 준다
소나무 아래 작은 무덤 하나가 바다를 내려다보고 있다
봉분엔 아직 붉은 황토가 듬성듬성 보이고
노란 국화 한 무더기가 무덤을 지키고 있다

무덤 속에 잠든 그를 부러워하며 바람과 파도가 만든
파식대를 사진에 담는 것도 잊은 채 멍하니 바다를 내려
다본다
바닷가에서 살아 본 사람들은 늘 저 자릴 꿈꾸는데

봉분이 낮게 내려앉아 쉽게 눈에 띄지 않았지만
욕심이 빠져나가면 모두 자연이 되는 건가
그의 바람들은 비와 바람과 파도가 조금씩 나누어 지고
바다에 들었나 보다

텅 비었던 바다에 밀물이 높은 파도를 앞세워 사납게 밀
려온다
욕심을 비우고 살라는 말을 하고 싶어서
이렇게 급히 불렀나 보다

길

길이 사라졌다
길이 사라지자 목화솜같이 피어 오르던 꿈도
뽕나무의 오디처럼 달콤하던 시간도 어딘가로 사라졌다

길이 사라진 곳에 새날은 오지 않았다
우리들이 오가던 길에는 가시덩굴만 무성하다
네가 내게 오지 않아도 길은 그 자릴 지키고 있을 줄 알았다
길이 어떻게 사라지냐고 허공을 향해 소리쳤지만

객지에서의 길은 길이 아니었다
너와 내가 오갔던 길이 어느 날
다신 건널 수 없는 강이 되고 바다가 되었다

먹고살기 위해 만났던 사람들이 친구가 아닌 것처럼
먹고살기 위해 오갔던 길은 길이 아니었다

사랑을 배우다

옆에서 잠을 자던 또리가
현관 문소리에 화들짝 놀라 뛰어나간다
자는 척 누웠지만 귀는 또리를 따라다닌다

절뚝거리는 다리로 팔짝팔짝 한참을 뛰더니
늦은 시간인데 산책하러 나가자고 애교를 부린다
막내가 또리를 데리고 목줄을 챙겨 나가고
남편은 씻으러 간다

사는 동안 누굴 저렇게 반가워해 본 적이 있었던가
누구에게 머리를 조아리며 애교를 부려 보았던가

내 별명은 파 솔 라 시 도였다
내 웃음소리 때문에 친구들이 붙여 준 별명이다
한번 웃음을 터트리면 감당이 안 되는 명랑한 소녀였다

왜 그리 어두워졌냐고 내가 내게 물었다
그 근원을 찾아 뿌리를 파고 있을 때
산책을 마치고 돌아온 또리가 막무가내로 내 품을 파고든다
또리의 애교에 식구들이 손뼉을 치며 웃고 있다

무위이화無爲而化의 시정신

오봉옥(시인, 서울디지털대학교 교수)

　나는 언젠가 '좋은 시를 쓰기 위한 낙서'라는 글에서 다음과 같이 주장한 바 있다.

　"음악을 모르고서 시를 안다고 할 수 없다. 시를 모르고서 음악을 안다고도 할 수 없다. 시와 음악은 쌍둥이와 같은 존재이다. 노래 같은 시들이 있다. 읽으면서 자연스럽게 흥얼거리고 싶은 시 말이다. 그것은 일정한 흐름을 반복해서 보여 주기 때문에 느껴진 것이다. 깊은 뜻을 아우르고 있으면서도 쉽고 간명한 시가 박자를 머릿속에 그려지게 만든다면 그 시는 명시가 아닐 수 없다."

　시와 노래는 리듬감 이외에도 많은 점에서 공통점을 지닌다. 그중 대표적인 사항 중 하나가 '힘'이다. 하수는 힘을 주고 고수는 힘을 뺀다. 힘을 주고 노래를 부르면 목이 아플 뿐 아니라 성대결절을 가져오기 쉽다. 하지만 고수는 다르다. 힘을 빼고서 노래를 편안하게 부르기 때문에 목소리가 상하지 않을 뿐 아니라 듣기에도 좋은 소리를 낸다. 저음에서 고음까지, 흉성에서 두성까지, 부드럽게 연결된 소리를 낼 수 있는 것이다. 시도 마찬가지이다. 하수는 인위적으로 표현미를 가꾸려 하고 고수는 물 흐르듯 자연스럽게 토해 내려 한다. 표현에 힘을 주면 인위적으로 느껴져 전달력이 떨어진다. 하지만 힘을 빼면 그 표현이 부드럽게 스며들기 때문에 전달력은 더욱더 강화된다. 예술의 최고 경지를 '무위이화'에 두는 까닭도 거기에 있다.

김종휘가 두 번째 시집을 낸다. 첫 번째 시집의 해설을 쓴 나로서는 이번에 보여 줄 시집이 무척이나 궁금했다. 그는 첫 시집에서 '글감을 포착하는 능력, 대상을 어루만지며 빚어 내는 언어 감각, 시상 전개력' 등 여러 가지 면에서 장점을 보여 주었다. '언어와 언어 사이의 적당한 긴장들을 통해 시적 울림을 만들어 내고, 그 울림이 또 많은 것을 생각하게 하는 등' 신인답지 않게 숙련된 솜씨를 보여 줘 놀라움을 안겨 주었다. 나는 위와 같은 인상적인 평들을 하면서도 아쉬움 한 가지를 덧붙였다. '미美에 대한 강박이 시적 실감과 감동을 종종 까먹기도 한다는 것. 때론 날것 그대로를 밀고 나가 진眞의 세계를 보여 줬으면 한다'고 주문했다. '신인치고는 너무 세련되어 아마추어적 야성미 같은 게 부족하다는 점'을 그렇게 에둘러 표현한 것이었다.

그럼 이번에 출간할 시집에서는 장점을 어떻게 더 극대화시키고 단점을 어떻게 극복해 내고 있을까. 그의 시들은 처음부터 끝까지 물처럼 흐르고 있었다. 미에 대한 강박을 털어 내고 자연스럽게 말하듯이 노래하고 있으니 걸리는 게 없었다. 그가 부리는 말들은 '억지'가 없어서 물처럼 부드럽게 스며들었다. 그러면서도 다채롭고 깊었다. 그의 시들을 보기로 하자.

할머니 한 분이 앞집의 벨을 누르고 있다
벨을 연달아 눌러도 아무런 반응이 없자
할머니는 대문 앞에 자리를 잡고 앉아
빨래를 널고 있는 내게 앞집의 안부를 묻는다
친척이시냐고 물었더니
그게 아니라 나 저것 좀 떼어 가고 싶단다
게발선인장 화분이 층계를 따라 쭉 늘어져 있다

스멀스멀 가을이 깊어지면
나는 먼 길을 떠날 사람처럼 마음이 바빠진다
햇살이 소쇄원의 우물가에 자박자박 키우는 노랑나비들
가을이 깊어지기 전에 그 나비 식구들을 만나러 가야 한다
소쇄원의 앞마당과 수로를 따라 맴돌다가
높새바람을 타고 하늘 높이 날아올라 사라지던 노랑나비
할머니는 화분에서 훨훨 날아다니는 나비를 보고 있는 게다
다가올 겨울을 붉은 게 발로 잠잠히 눌러 보고 싶은 게다

누군가 할머니를 부르는 날 동무가 되어 함께 날아갈

붉은 나비들을 찾고 있는 게다

　　　　　　　　　　　　　　—「나비를 닮은 꽃」 전문

　할머니에 대한 연민이 느껴지는 시이다. 이웃에 사는 할
머니는 "나비를 닮은 꽃" 앞에서 발걸음을 멈춘다. 그것은
다름 아닌 게의 발을 닮은 "게발선인장"이다. 시적 화자는
그것을 보고 "다가올 겨울을 붉은 게 발로 잠잠히 눌러 보
고 싶"어 하는 마음과 이 세상 떠나는 날 "동무가 되어 함께
날아갈/ 붉은 나비들"을 찾고자 하는 할머니의 마음을 읽는
다. "다가올 겨울"은 '남은 인생'의 비유적 표현이고 저승으
로 인도할 "붉은 나비들"은 죽음을 준비하는 마음에서 비롯
된 것이어서 가슴을 싸하게 한다. 나는 이 시를 읽는 순간
먹먹해지고 말았다. 요양병원 화단 구석에 멍하니 앉아 꽃
을 바라보곤 하시던 어머니가 떠올랐기 때문이다. 우리 어
머니께서도 화단에 핀 꽃들 앞에서 저세상으로 함께 날아갈
'나비'들을 찾았는지도 모르겠다. 이 작품의 시적 대상은 할
머니다. 그렇지만 흥미로운 점은 시적 화자가 할머니와 동
일화되어 여러 가지 느낌을 동시에 안겨 준다는 사실이다.
할머니가 "먼 길"을 떠나야 할 사람이듯이 시적 화자 역시
"가을이 깊어지면" "먼 길을 떠날 사람처럼 마음이 바빠"지
는 존재이다. 그래서 자신과 '동무'가 되어 "하늘 높이 날아
올라 사라"질 노랑나비를 만나고자 하는 것이다. 얼마나 외
로웠으면 "먼 길"을 생각하고 있는 것일까. 이 시에서의 '노

랑나비'는 그리움의 영매일 수도 있다. 다시 말해 "높새바
람을 타고 하늘 높이 날아올라 사라지던 노랑나비"는 자신
이 사랑한 그 누군가를 데리고 떠난 영매일 수도 있는 것이
다. 그렇게 생각하면 이 시는 그리움이라는 내재화된 결핍
의 정서를 보여 준 작품이 된다. 이 시의 묘미는 마지막 4행
의 절창에 있다. 특히 표현의 재기를 보여 준 "다가올 겨울
(남은 시간)을 붉은 게 발로 잠잠히 눌러 보고 싶은 게다"의 부
분은 무릎을 치게 한다.

> 쓰러져 가는 빈집 마당에 핀 한 무더기 함박꽃
> 한복 곱게 입고 부엌문 앞에 앉아 아들을 기다리는 어
> 머니 같다
> 아직도 어머니는 빈집에 남아 아궁이에 불을 때고
> 무쇠솥에 쌀을 안치고 큰길을 내려다보고 계시는구나
>
> 붉은 지붕에서 떨어지는 빗물 맞으면서
> 어머니는 올해도 한 무더기 함박꽃을 피우셨구나
> 무너진 담을 몸으로 막느라 덩치를 키워 가는 찔레 덩
> 굴에서
> 하얀 찔레꽃들이 빈집을 환히 밝히는데
>
> 하루에 한 번 안부만 묻고 가는 마을버스
> 빈집을 지나가다 누군가를 보고 손을 흔든다
> 하얀 찔레꽃 무리 어서 돌아가라고 손을 젓는데

바람결에 날아온 꽃향기가 어머니 향기 같아 자꾸 뒤
를 돌아본다

—「빈집」전문

바다로 가는 전철 창문 밖에
수억 마리 새 떼가 날개를 펴고 하늘로 날아오르네

아! 저 날개를 내게 몇 시간만이라도 달아 주신다면
저 넓은 하늘을 훨훨 날아 어머니 얼굴 한번 뵙고 올 텐데
눈이 어두운 어머니가 저 하늘 끝 어딘가에서
더듬더듬 기도 자리를 찾고 계시진 않으시려나

—「가을 하늘」부분

어머니에 대한 그리움을 노래한 시들이다. 시인은「빈집」
에서 함박꽃과 찔레꽃의 이미지를 통해 어머니의 모든 것
을 읽어 낸다. '빈집'은 어머니의 부재를 상징적으로 드러내
고, '함박꽃'과 '찔레꽃'은 곱고, 헌신적이고, 서민적인 어머
니 상象을 회화적으로 드러낸다. '빈집'과 '함박꽃'의 대조적
인 풍경, "무너진 담"과 "찔레 덩굴"의 대조적 풍경이 시의
분위기를 더욱더 처량하게 만들고 있다. 을씨년스러운 '빈
집'의 이미지와 따뜻하고 화사한 꽃의 이미지를 대조시킴으
로써 한층 더 애상적인 느낌을 갖도록 만든 것이다. 이 시
는 어머니에 관한 여러 이미지를 회화적으로 보여 주고 있
다, "한복 곱게 입고 부엌문 앞에 앉아 아들을 기다"릴 듯

한 고운 이미지, 아직도 "빈집에 남아 아궁이에 불을 때고/ 무쇠솥에 쌀을 안치고 큰길을 내려다보고 계"실 듯한 아련 한 이미지, "무너진 담을 몸으로 막느라 덩치를 키워 가는 찔레 덩굴" 같은 억센 이미지가 그것이다. 이러한 이미지들 은 이 시를 서정적이고 애상적이며 추모적 느낌을 갖게 하 는 데에 일조한다. 이 시 역시 눈물겨운 대목이 있다. "하 얀 찔레꽃 무리 어서 돌아가라고 손을 젓"는 부분이 그것이 다. 시를 읽는 독자는 자신의 경험을 대입시켜 읽어 간다. 나는 이 대목에서 아버지의 임종을 떠올렸다. 아버지는 임 종을 보러 온 나에게 '바쁜데 뭣하러 여기까지 왔냐. 괜찮 아. 어여 가' 하며 돌아가라는 손짓을 했었다. 자식을 위해 서라면 자신의 온몸을 내던지는 부모님, 죽을 때까지도 자 신보다 자식의 입장을 먼저 생각하는 게 부모님의 존재가 아닐 것인가. 그런 점에서 자신을 찾아오는 누군가를 보고 "어서 돌아가라고 손을" 내젓는 찔레꽃의 헌신적인 이미지 는 눈물겹지 않을 수가 없다. 「빈집」이 어머니에 대한 그리 움을 비유적으로 드러내고 있다면 「가을 하늘」은 그것을 보 다 더 명징하게 직설적으로 드러내는 시이다. 이 시 역시 마음을 사로잡는 부분은 어머니의 형상이다. 어머니는 죽 은 뒤에도 자식들을 위해 기도할 것 같은 이미지로 그려진 다. "눈이 어두운 어머니가 저 하늘 끝 어딘가에서/ 더듬더 듬 기도 자리를 찾고 계시진 않으시려나" 하는 시적 화자의 정서적 토로는 어머니에 대한 존재를 다시금 생각하게 한 다. 「빈집」이 어머니에 대한 그리움의 정서를 절절하게 토

로하고 있는 시라면 「나무들처럼」은 자연에서 삶의 깊은 이
치를 발견하고 있는 시이다.

　　나무는 겨울을 지나기 위해 마음을 뿌리 아래 가둔다
　　마음을 가두는 일이란 생명마저 가두는 일이어서
　　천년을 살아온 나무가 아니고선 알 수 없겠다.

　　개천을 따라 길게 줄을 선 버드나무와 은행나무들이
　　석양을 따라가다 다시 돌아와 그 자릴 지킨다는데
　　그렇게 돌아오는 길에 하는 다짐은 물거품처럼 가벼워져
　　새벽마다 마음 비우고 새들을 다시 불러들여야 한다는데

　　그 겨울 석양은 혼자 산을 넘어가지 않았다
　　마음씨 착한 누군가를 데리고 산을 넘던 석양이
　　수돗가에 앉아 있는 내게 붉은 노을 한 점 던져 주고 달
　아났는데
　　석양이 던져 준 선물로 내 짧은 목숨 줄은 길어졌다고

　　하늘만 바라보고 살아가는 나무들을 닮고 싶은 날
　　나무처럼 동요하는 마음을 뿌리 아래 가둘 수 없어 슬픈 날
　　살구나무 아래 그네를 타고 저녁노을 속으로 들어간다.
　　　　　　　　　　　　　　　　　　　—「나무들처럼」 전문

이 시는 자연의 신비로움과 의의를 표현하고 있다. '자

연'과 시적 화자의 일차적 관계가 시의 뼈대를 이루고 있으나 그 무게중심은 다분히 '자연'에 실려 있다. 시적 화자는 자연 속에서 삶의 깊은 이치를 깨닫는다. '나무'는 잎사귀가 떨어지며 '동요'를 하지만 그 "마음을 뿌리 아래 가"두는 지혜를 발휘한다. 자연 속에서 순응하며 살아가는 '나무들'은 석양을 따라가며 자신을 지우다가도 어느새 다시 자기 자리로 돌아와 다가올 새벽을 준비한다. 그것은 자연에 순응하며 마음을 비우기에 가능한 일이다. 하지만 마음을 비우지 못한 시적 화자는 "나무처럼 동요하는 마음을 뿌리 아래 가둘 수 없어" 슬퍼하며 "살구나무 아래 그네를 타고 저녁노을 속으로 들어"가는 망상을 하게 된다. 이 시에서의 '석양'은 절대적 존재자로서의 상징물이다. 시적 화자는 "짧은 목숨 줄"을 지니고 태어났지만 '석양'의 배려로 생명을 연장하게 된다. 절대적 존재인 '석양'은 하루를 지우고, "마음씨 착한 누군가를 데리고" 저세상으로 건너가기도 하며, "붉은 노을 한 점"을 던져 "짧은 목숨 줄"을 늘이기도 하는 막강한 힘을 발휘하지만 시적 화자는 반대로 "마음을 뿌리 아래 가" 두는 나무와 같은 지혜도 발휘할 수 없어 슬퍼하고 낙담하게 된다. 이 시의 묘미는 시적 화자에게 영향을 주는 나무들의 행위에 있다. "개천을 따라 길게 줄을 선 버드나무와 은행나무들"은 "석양을 따라가다" 다짐을 하며 돌아오게 되는데, 그 힘으로 다시 "마음 비우고 새들을 다시 불러들"이는 하루 일과를 시작한다. 이러한 형상은 자연과 늘 부딪치며 엇나가는 삶을 살아가는 인간과 대비된다. 이 시는 나무

속에 승화하고 있는 생명력을 보여 주고 있고, 그 나무들의 형상 속에서 삶의 깊은 이치를 발견하고 있다는 점에서 생태시로서의 전형적인 모습을 띠고 있다. 「나무들처럼」이 자연과 시적 화자의 일차적 관계를 통해 사유의 깊이를 보여 주고 있는 시라면 다음의 시는 '바람' 그 자체의 생멸을 노래하고 있다는 점에서 주의를 사로잡는다.

바람이 문살에 붙은 해묵은 노래를 뜯어내고 있다

햇살이 졸고 있는 뒤뜰에 바람이 날아와 머문다
바람이 범람 직전의 바다 같은 슬픔을 달래려고
대나무 숲을 흔들며 레퀴엠을 연주한다
바람 소리에 어미 박새가 놀라 달아나고
둥지에서 우는 새끼들의 아우성에 새벽이 달려온다

새벽빛에 끌려온 햇살이 흩어진 대나무 숲을 빗질하고
밤새 울던 새들의 상처는 어미의 혀끝에서 아물어 간다
하현달처럼 몸의 일부를 매일 잃어 가는 일은
바람도 견딜 수 없는 일이어서 가던 길을 멈추고 뱅뱅
문살 위를 돌며 새 노래를 빚는다

허공을 붙잡고 있던 나뭇잎들이
바람의 지휘에 따라 새 노래를 부르고
새 노랫소리는 마을을 돌아 먼바다로 퍼져 나간다

노랑나비가 되어 돌아올 아이들을 위해

거리에선 노란 해바라기꽃들이 피어난다

—「바람의 노래」 전문

「바람의 노래」는 바람이 빚어내는 풍경을 노래하는 시로써 김종휘의 언어 감각을 엿볼 수 있는 귀중한 시이다. 그것은 '바람'이 대상을 어루만지며 빚어내는 언어 감각을 통해확인할 수 있다. 바람은 "문살에 붙은 해묵은 노래"를 뜯어내고, '범람 직전의 바다 같은 슬픔을 달래려고/ 대나무 숲을 흔들며 레퀴엠'을 연주하기도 하며, "허공을 붙잡고 있던 나뭇잎들"이 노래를 부르게도 한다. 그뿐인가. 바람도생멸이 있는 법. "하현달처럼 몸의 일부를 매일 잃어 가는일은/ 바람도 견딜 수 없는 일이어서 가던 길을 멈추고 뱅뱅/ 문살 위를 돌며 새 노래"를 빚기도 한다. 나는 언젠가고비사막에서 '바람'이 일어나는 순간을 목격한 적이 있다.땡볕 모래밭에서 작은 팽이처럼 돌며 머리를 치켜든 바람이 회오리처럼 커져 가는 것을 보며 감탄을 거듭할 수밖에없었는데, 이 시는 그 바람의 생멸을 형상적으로 실감나게보여 주고 있어 눈길을 사로잡는다. 흔히들 시에서 '바람'은어떤 비유나 상징으로 차용되곤 한다. '바람'이 인생의 비유로 쓰일 때 그것은 고독, 시련, 방황, 희망이 되기도 하고,때론 저항의 상징이 되기도 한다. 이 시는 '바람'에 존재를부여한다. 바람은 시적 화자에게 와서 어루만지고 위로하고 노래하는 존재이다. "문살에 붙은 해묵은 노래"를 뜯어

내거나 "문살 위를 돌며 새 노래"를 함으로써 화자의 마음을 어루만지고, "범람 직전의 바다" 같은 화자의 슬픔을 달래려고 "대나무 숲을 흔들며 레퀴엠"을 연주한다. '바람'은 또 자연의 일부로서 "허공을 붙잡고 있던 나뭇잎들"이 새 노래를 부르게 하고, 그 노랫소리가 "마을을 돌아 먼바다"로 퍼져 나가게 함으로써 제 기능을 다하게 된다. 그리하여 '바람'은 마침내 "노랑나비가 되어 돌아올 아이들"을 위해 거리에 "노란 해바라기꽃들"이 피어나게 한다. 이와 같이 김종휘가 차용한 '바람'은 세상을 어루만지는 거대한 흐름이면서 그 어떤 '신성함'까지를 획득해 가는 존재자가 된다. 이 시의 저변에 깔려 있는 것은 외로움과 슬픔과 상처이다. 오죽했으면 시적 화자와 동일화되어 있는 '바람'에게조차 "하현달처럼 몸의 일부를 매일 잃어 가는 일은/ 바람도 견딜 수 없는 일이어서 가던 길을 멈추고 뱅뱅/ 문살 위를 돌며 새 노래 를 빚는다"고 했을까. 「바람의 노래」는 외롭고 서럽고 상처 많은 존재들을 애써 위로하고 있는 애잔한 시이다. 아울러 뛰어난 표현미와 함께 '바람'의 의미를 확장시킨 수작이 아닐 수 없다.

이 시집은 이 밖에도 표제시인 「낯익어서, 낯선」을 위시하여 「편지」 「항일암에서」 「메니에르증후군」 「그 남자의 아침」 「버릇」 「쌀밥 나무」 「상현달이 따라온다」 등 읽어 볼 만한 시들이 많았다. 지면의 한계상 그것들을 두루 살펴보지 못해 아쉬울 따름이다.

김종휘는 '무위이화無爲而化의 시정신'을 보여 주고 있다.

'무위이화'는 아무것도 하지 않음으로써 교화하는 것이다. 애써 힘들이지 않아도 저절로 변화하여 잘 이루어지는 것이다. 시 창작에서 무위이화는 자연스러운 발화로 이루어진 세계이다. 억지스러운 데가 있어서는 안 된다. 인위적이지 않고 물 흐르듯 독자들의 가슴에 스며들어야 한다. 김종휘의 시들이 그렇다. 그가 보내 준 원고를 단숨에 읽었다. 그의 시는 막힘이 없었다. 물이 위에서 아래로 흐르듯 부드러웠고, 자연스러웠고, 거침이 없었다. 자신에 대한 이야기는 물론이거니와 이웃을 노래할 때에도 기교를 부리지 않고 담담한 필치로 서술하고 있었다. '힘'을 빼고 노래하니 오히려 표현미가 돋보였고, 독자를 그의 시 세계로 쉽게 끌어들이는 '힘'을 발휘하고 있었다. 일독을 권한다.